TETO BAIXO

OU A ESPERANÇA É A SIGOURNEY WEAVER COM UMA METRALHADORA

rafael mantovani

URUTAU

agosto de 2025

O —

editora Urutau

rua do cajú, 478
jardim das cerejeiras, 06724-015
cotia-sp
brasil

rua dr. manuel pacheco nobre, 128, 5 esquerdo
2830-080 barreiro (setúbal)
portugal

[+55] 11 95608 8983 [brasil]
www.editoraurutau.com

[EDITORA]
debora ribeiro rendelli
[REVISÃO]
marcella sarubi
[PROJETO GRÁFICO]
wladimir vaz
[COORDENAÇÃO GRÁFICA]
tiago fabris rendelli
[DIAGRAMAÇÃO E CAPA]
victor h. azevedo

Dados Internacionais de Catalogação na Publicação (CIP) de acordo com ISBD

M293t mantovani, rafael
Teto baixo: ou a esperança é a Sigourney Weaver com uma metralhadora / rafael mantovani. - Cotia : Urutau, 2025. 96 p. ; 13cm x 16,5cm

ISBN: 978-85-7105-280-2

1. Literatura brasileira. 2. Poesia. I. Título.

CDD 869.1
2025-3729 CDU 821.134.3(81)-1

Elaborado por Odilio Hilario Moreira Junior - CRB-8/9949
Índice para catálogo sistemático:

1. Literatura brasileira: Poesia 869.1
2. Literatura brasileira: Poesia 821.134.3(81)-1

SUMÁRIO

oh ayúdame a escribir el poema más prescindible
el que no sirva ni para
ser inservible
en esta noche en este mundo

ALEJANDRA PIZARNIK
En esta noche, en este mundo

fungos

no sonho, um homem numa cadeira
de rodas fica irritado comigo
porque hesito em ajudar ele a passar por uma porta

acordo tarde, preciso
decidir entre o poema "the mind,
intractable thing" (marianne moore)
e o vídeo "massive man fucks moaning twink"
(apócrifo)

antigamente claramente havia tempo
tempo suficiente pras duas coisas
hoje não tenho mais certeza

hoje tenho uma coceira nos dois tornozelos que não quer ir
embora
a umidade daqui (será que é por isso
que eles escrevem *úmido* com h? por
respeito?) faz coisas estranhas com a gente

esquecemos de beber água durante dias
crescem fungos
onde não devia
sentimos saudade de pessoas que amamos
enquanto elas ainda estão bem na nossa frente.

geralmente

vou na cidade hoje pra
fingir que te procuro
porque hoje é a melhor coisa que encontrei pra fazer

oh como eu queria estar indo pra te procurar
mas no momento decidi que você não existe
mas vou na cidade assim mesmo, por birra
por burrice

atravesso a ágora das aventuras
o périplo dos apetites
o pântano das desistências
o rio dos rancores
a ciranda de famílias alheias decentes inocentes de mãos dadas
(eu socializo a barreira)
patrulhas de machinhos rampantes autoexplicativos
e vigilantes, defendendo
cores variadas da mesma bandeira

finjo ter tanta esperança e fôlego
vejo às vezes não vejo que o
nível da água e o da merda estão aumentando

luto por propósitos coletivistas
e alguma astúcia displicente
mas sem você, tudo isso é muito
diferente

você sempre sabe disso mas
eu geralmente esqueço.

qualquer objeto redondo

pelo menos continuamos lavando as nossas fronhas
de quando em quando
quando não há coisas mais urgentes pra fazer
ou justamente porque há tantas

de vez em quando
no sonho alguém nos dá permissão
pra morrer simplesmente, sem informar o motivo
e amanhecemos descansados, como se só pra nós fosse sábado
e estivéssemos de pijama no local do acidente
mas fora do acidente

de repente
podemos ficar aqui mais um pouco
abraçamos
qualquer objeto redondo.

um date

foi logo no começo da gripe das bananas
o elon musk tinha fechado as fronteiras do texas
o mundo estava acabando pela vigésima vez
ou vigésima primeira, já tínhamos perdido a conta

você me chamou via orkut pra um date
dionisíaco no seu leito
psiquiátrico, por isso
íamos ter que nos amar em silêncio

só depois entendi que estávamos a salvo
por enquanto, assim sem cueca
com os nossos pintos de meia-
-idade expostos ao vento do futuro

você tinha os pés mais lindos que
eu queria chorar por existirem, oh
se eu pudesse não me esquecer disso nunca

segurar só isso até o fim contra o peito
antes do impacto na água.

arte

escrevo estas coisas quando estou cansado e
queria usar meu cansaço pra alguma coisa
pra quê

escrevo estas coisas pra você
pena que você não existe
queria estar fazendo coisas maiores, como
amor, arte etc.
estar fazendo a revolução
mas esta dor no ombro é sempre tão mesquinha

"queria usar meu cansaço pra alguma coisa", mas
provavelmente ele nem é meu
provavelmente é o cansaço de outra pessoa que esteve aqui
        antes
que também tentou
e é por isso que ele não me serve direito
e fica roçando no meu olho e pegando na virilha e apertando
        os dedos

dos pés
o cansaço de quem, mas que diferença
o cansaço de alguém que não existe
você, por exemplo

você com as suas mãos robustas e luminosas
você e a sua mochila cheia de novidades
você com a inteligência alegre, que vai revelar que graça tem
o mundo
que graça
tem o mundo
você e a probabilidade estatística de existir, e escrevo
estas coisas pra que um dia você
sei lá
como eu posso saber
arte

isto é arte ou posso
jogar fora
amanhã eu decido.

provavelmente

você ia gostar se eu dissesse que gosto do seu pau
mas não ia gostar se eu dissesse que gosto do seu nome
se eu dissesse que fico amando os seus pés enquanto você está
dormindo
na minha cama, me belisco pra garantir que é verdade
seus pés são uma metrópole inteira
espraiada, combatente, desconhecida
e em algum endereço dela tem um apartamentinho
onde eu às vezes pernoito

tenho vontade de te acordar só pra te contar essas coisas
mas você não ia gostar
tenho vontade de te beliscar pra também te garantir que é
verdade
mas você não ia gostar
na verdade também não sei se você ia gostar se eu dissesse que
gosto do seu pau.

confissão natalina

não é verdade que não estou tentando agradar ninguém
a chuva sim não está tentando
a chuva não para de chover porque não tem motivo
o coração parado onde está
quer cumprir
um dos sonhos hoje mas não sabe qual
algum delírio salivado do meu carinho
mas não qualquer
jesus por sua vez parecia saber
exatamente o que queria

abro um livro não sagrado qualquer, a história de vida
de uma pessoa, de muitas
não necessariamente vivas
abro o aplicativo de date porque estou vivo necessariamente
hoje é feriado porque decidiram.

literalmente

melhor enlouquecer agora do que literalmente
gritar com parcimônia, odiar com respeito
ir pro céu sem direito nenhum
adorar sem reciprocidade
dar ouvidos pros sinais (sobretudo
quando não tem)

de repente fugir do controle
de ninguém: a sentinela hipotética
a torre duvidosa de vigia
frustrar expectativas como quem
espalha purpurina ao vento
espalha sementes no cimento
como quem percorre um cemitério distribuindo brinquedos

e se um dia nos pedirem justificativas
(e provavelmente vão
mas não no mesmo dia)
em troca, poderemos dar piruetas.

viação cometa

num ônibus noturno entre são paulo e o futuro
em 1999
uma única fita cassete me segura
luzes onde eu poderia morar, chorar, mas só de longe
esta muralha de janelas abertas infinitas
o sal da terra
a borracha
onde há fumaça há gente
varal com uma toalha da pequena sereia pendurada
me enternece o respeito às preferências das crianças
podia ser uma pintura mas não há mais ânimo pra isso
agora que já vimos tudo, estamos terminados por aqui
podemos pegar nossas coisas e ir embora
podemos inclusive ir embora sem pegar nossas coisas.

fevereiro

não tem sentido
nenhum

sequer
virar
o calendário da taschen
pra página seguinte

fevereiro um imenso detalhe
de um inferno
de bosch
de fato
a coisa já saiu demasiado do controle
quando tem ornitorrincos bípedes andando de patins
gente tocando flauta pelo cu
tá tudo misturado
fogo
merda
dinheiro

nem os coelhos
são nossos amigos

alguma felicidade ainda será possível
depois que deus decidir
limpar e começar tudo de novo
mas fevereiro sempre vai ter sido o mês
em que me vi deitado ali dias inteiros
só esperando o pássaro da loucura chegar
bater
na porta.

sempre penso em te escrever quando não tenho tempo

sempre penso em te escrever quando não tenho tempo
quando estou no meio da aula de pilates
recebendo as endorfinas e decido te escrever assim que chegar
        em casa

depois, no banho, estou pensando no que exatamente vou te
        escrever
quando tiver as mãos secas
nos emojis geniais que vou colocar no fim das frases
para expressar meus sentimentos sem recorrer a palavras
ponho a roupa pensando em como vai ser mágico
te escrever finalmente depois do jantar
como vai ser libertador e você vai me perdoar por não ter
        escrito antes
e revelar que nem estava bravo comigo afinal
porque você compreende

sempre penso em te escrever enquanto estou comendo
a gelatina com calorias reduzidas

enquanto fumo e a comida gira e gira no meu estômago
penso em te escrever exatamente enquanto abro o netflix
ao longo do episódio penso em como vai ser fácil e espontânea
a nossa conversa, em como
você vai ao mesmo tempo rir das minhas falas e ficar com vontade
de me morder e pôr a mão na minha bunda

quando aparecem os créditos sinto a agulhada do pânico, ando
(tem o formato aproximado de uma agulha de tricô) até a
cozinha
pra lavar uns pratos, dobrar a roupa que secou
penso em como vou estar bombando de vitalidade pra te escrever
amanhã
amanhã assim que não tiver aquele trabalho não entregue
e vou escrever não sobre como meu trabalho é chato e repetitivo
mas coisas tão inesperadas que você nem vai acreditar que
está lendo
nem eu

oh como sou bom em pensar em te escrever
enquanto estou fazendo qualquer outra coisa
eu poderia viver disso
fazer isso profissionalmente e de jeitos completamente inovadores
e a humanidade depois escreveria livros sobre mim

sobre como foi genuína a minha vida e obra de pensar em te
escrever

penso em você lentamente lendo
esses livros, no metrô de uma cidade interminável
estou esticado na cama, pensando e olhando pro lustre
tem uma mariposa procurando algo dentro dele
ouço os carros que desenham sombras quadradas no teto, vejo
uma escada rolante, um porta-aviões, um castelo.

teto baixo

pra falar é necessário ter alguém que vai ouvir
ou não necessariamente mas achamos
tentamos fazer diferença porque ainda é a mesma manhã
ouvimos quem foi à loucura porque é solitário demais
e irreversível demais irmos pessoalmente
o importante é ter noção de em que pé se está
embora tecnicamente seja sempre uma ficção
estou só não estando dentro da vida por enquanto
não é como se eu não fosse ter que voltar daqui a pouco

tem um jeito de gritar que pode ser feito aos poucos
o importante é ter um plano de metas convincente
estas pancadas diárias que vão se acumulando
cada saco de lixo pacientemente retirado
(pras moscas não existem domingos nem desculpas)
o que estropia de vez é o que fazer depois
continuamos procurando uma fórmula reutilizável
tateando pra cima no futuro diluído
o céu alguém já comeu o maior pedaço dele

o jeito mais garantido de prestarmos atenção
numa coisa é se nós mesmos estivermos falando
e se mais alguém ouvir, o que vier é lucro
fazer uma coisa qualquer, a rigor, é sempre inútil
mas portanto não mais inútil do que qualquer outra coisa
o importante é quanto espaço se tem pra mexer os braços
"cantar é um subterrâneo/ depois é um pátio"
tentamos sempre encostar, mas muda muito no quê
o fim do mundo não é pra todo mundo ao mesmo tempo.

está difícil estudar

está difícil estudar hoje
está difícil estudar hoje em dia
parece mais inútil do que antes
parece um desaforo à violência urgente
os bullies do colégio viraram presidente
e estão tacando fogo oficialmente
salve-se quem puder
(mas aí não vai sobrar ninguém)

estudar apoiado onde
se já vai mudar daqui a pouco
se está molhado e as palavras não grudam
(nem palavras como "meu deus", "é assim" ou "socorro"
se aplicam minimamente)
estudar flutuando em quê
entender pra depois fazer diferente
mas demoraria pelo menos anos

até capturarmos esta tartaruga
a outra já fugiu.

café até morrer

vamos tomar café até morrer
de empreendedorismo, de entusiasmo, expectativa
café até digitar tudo isto
resolver preocupações até morrer
até não sobrar nenhum assunto
morrer quando não tiver mais jeito
café porque no mínimo estaremos assistindo

vamos tomar café até nos arrancarem daqui
à força, a tapa, girando
sobre os calcanhares dos nossos próprios propósitos
os dias aumentam de número como previsto e
essa suposta coisa ainda não ficou pronta
o passo número 1 é manter a divindade em pé
os outros, quando der tempo.

agora também posso me gabar

para M. R.
Berlim, 7 de agosto de 2016

1.

agora também posso me gabar pra você na mesa do möbel olfe
com o número 4, que é o número de vezes que eu transei essa
semana
com caras diferentes

"um deles conheci num piquenique
de aniversário, tivemos ereção escondidos
de todo mundo, inclusive crianças"

"o outro mentiu pro namorado que estava na volkshochschule
e fiquei estudando as orelhas
de abano dele enquanto ele me comia

muito/tão/mó depressa" (aqui inclino displicentemente
a cabeça pra informar que sou um passivo empoderado,
reconciliado

com a semântica do tomar-no-cu)

"o outro era um dj suíço, ele quer me visitar no outono
mas achei a mise-en-scène na cama um pouco medíocre, se bem que
a barriga dele era tão dura que

não era nem um tanquinho, era uma lavadora industrial" (embora
seja totalmente mentira e é só porque na hora me ocorreu essa piada
que imediatamente depois me pareceu péssima).

2.

(pra efeitos de autoconfiança
uso a constatação estimativa de que recebi nessa semana ao todo
umas 15 lambidas, 5 elogios e 2 mensagens de feedback

e que os pintos deles, se somados, teriam 73 centímetros
de comprimento e 30 de circunferência (mais ou menos um botijão de gás)
e portanto é incontestável que sim, que eu aproveitei muito

esses dias (em que você esteve rodando a normandia com a
sua tia
e afilhado, com minutos pra abrir o grindr no banheiro do
starbucks
enquanto o ônibus da excursão não vinha))

"o último", eu digo, "foi um psicólogo russo, insistiu
pra fazer bareback no tapete de ioga
e tipo minha sala nem tem cortina (aloka), no fim

saiu um tantinho de cocô no meu pinto mas achei isso sussa
só limpei de boa afinal a gente é adultos, e o barão de charlus
mal tinha água encanada, como você disse"

"então foi uma semana tipo intensa", eu concluo (com um
merecido sorriso
e marcas gestuais de nonchalance e understatement), e no-
tando a tempo
que o esforço autoapreciativo está queimando, escancaro a
torneira

da minha timidez de urso, visto a pequena carapuça de anjo
meu carinho confuso-sério sempre à mão, como um cachecol
em linha reta
esperando que você me enrole.

3.

mas você só ri, e duas horas e meia depois, quando subir
na sarjeta e continuar mais baixo do que eu, legitimamente rei
dos seus sapatos (cujo número eu perguntei)

pra se despedir de mim com um abraço, sei que você vai levar
embora
o pacote inteiro dos meus novos prazeres
pra corrigir em casa, por primazia de conhecimento

e rechupar os paus que eu chupei pouco porque estava com pressa
e regemer com as estocadas em que eu gemi com voz grossa
(pro caso
de alguém estar filmando da janela e um dia chegar na
internet)

e vendo você se afastar na adalbertstrasse, vou entender
que é você quem vai dormir mais tarde esta noite
e quando meu celular piscar com aquele led azul

das mensagens menos importantes, vou fantasiar
que é porque você percebeu que existe um erro óbvio nessa conta
toda, uma cena faltando

no roteiro, a peça esquecida dentro da caixa, o mapa
astral deslocado (devido à duração do parto)
e que às vezes você pensa em voltar, pra me
dizer que o meu humorismo é meio sem futuro
mas os meus olhinhos são uma graça.

necessariamente

necessariamente sempre fará mais sentido
lavar a louça do que escrever
porque a louça com certeza vai brilhar no final, e a coisa escrita
não necessariamente

a louça limpa necessariamente
será útil amanhã, a coisa escrita
provavelmente só quando for tarde
demais, ou cedo demais

se deus fosse mesmo um administrador bonzinho
nos daria prêmios cada vez maiores de heroísmo
no nosso aniversário e em outros dias, só por termos
as unhas aparadas, as mensagens arquivadas em pastas

o projeto infalível da existência
humana: limpar a própria sujeira que fez
e os livros mais bonitos guardados de volta
na estante, e o espírito gigante

pendurado pra secar
sobre a superfície das águas.

*

* *

porque o tempo todo tem alguém me dizendo
que está à beira da loucura
mas no fim todos acabam
fazendo seu trabalho
& todas as mudanças drásticas
se perdem
& viram pão de forma

LÜTFIYE GÜZEL, “write wrote written”

desgraça

de repente era permitido dizer as coisas mais tristes
e agora qualquer pessoa entenderia

de repente
um derramamento de desimportância em cima dos outros planos
um borrão de fôlego
um clarão perplexo e permanente
em cima de todos os céus
um corte reto na ponta do dedo de repente
um fosso
na frente de cada endereço
um susto que era indiferente gritar
porque não tinha mais pra quem

e então uma reorganização imediata, eficiente
de algumas palavras-chave
como "necessário", "sofrimento"
"conviver", "sobrevivência"
e provavelmente de todas

e a umidade estava em todas as paredes
e os carinhos tinham que esperar numa fila
e a solidão não parecia mais uma frescura
de indivíduos que tinham má vontade com o mundo

como parar de repente
onde se está, e ao mesmo tempo
continuar correndo
desesperadamente?
quem teria imaginado que o futuro era uma peça dispensável
não exatamente "o que salvar
em caso de incêndio", como tínhamos
nos preparado — mas salvar
e carregar pra onde.

sozinho com a tecnologia

estou sozinho com a tecnologia
e a tecnologia não tem nenhuma amizade por mim

a tecnologia não está mentalizando a meu favor
querendo que eu seja feliz
meu celular está secretamente deletando
todas as minhas memórias mais preciosas
ele conspira a cada minuto pra me
derrubar da corda bamba
pra que eu nunca mais pense no futuro com alegria

meus fones de ouvido bluetooth me matariam
devagar e com crueldade se pudessem
se tivessem dentes de verdade
se tivessem mãos pra segurar um bastão de baseball
eles acham todas as minhas músicas chatas
sempre acharam
chatas e tristes

a tecnologia trabalha pra me humilhar diariamente
porque sabe que eu não tenho outro lugar pra ir
porque sabe que um dia vai me derrotar pelo cansaço
é um projeto de gaslighting muito minucioso
muito bem planejado

a chuva começa de novo nos vidros da minha caverna
quando a chuva acaba, tudo de novo é possível
mas mesmo se existissem infinitos quilômetros
eu ainda estaria sozinho
sozinho com a tecnologia.

bola de raiva e razão

bola de raiva e razão
bola de raiva e razão
carregamos ela na mão
carregamos ela no ombro
dormimos outra vez com ela
outra vez acordamos e ela ainda está lá
está maior do que ontem

bola de raiva e razão
e o que fazer com ela
arremessamos pra longe e ela volta
arremessamos pra cima e ela cai
tacamos na cara de alguém
mas quase nunca é a pessoa certa

(sim, temos tanta raiva
sim, temos toda a razão
ainda mais raiva porque sabemos

sabemos que temos razão
temos, temos alternativa?)

a mesma bola velha e quente, pulsante
de muita raiva e razão
carregamos ela no mundo
carregamos rumo ao futuro
hipotético
denunciamos ela em praça pública
queremos entregar pra quem sabemos
que é (parcialmente) responsável
mas nossos braços são tão curtos
(que raiva)

perguntamos pra alguém na mesa
"quer segurar minha bola
olha como é grande
minha bola de raiva e razão?"
mas respondem "na
na ni na não, obrigada
também já tenho".

tecnicamente

esperar também é uma opção
principalmente quando é a única que existe
e ainda inclui de brinde uma caixa inteira de tempo
vamos decidir que dentro dessa caixa pode tudo
(tecnicamente não, mas isso resolveremos depois)

pode falar justamente porque
falar qualquer justamente porque não é uma coisa
o que alguém não precisa achar interessante
cantar ao mesmo tempo duas canções diferentes
uma com cada lado da boca

pode usar máscara de bicho sem esclarecer o porquê
pode acreditar em vozes sem garantia de inteligência
dormir agora na mesma cama com quem
nos braços de quem só vamos conhecer depois
trocar o desespero por uma nota promissória
pra pagar no máximo até o fim do mundo
e depois disso, talvez nem precise

esperar também é
uma opção, mas justamente
porque não é opção nenhuma
se foi possível chegarmos até aqui, o que mais
também será possível
nossos planos estão envelhecendo, sim
nossa pele
mas o céu não.

para A.S.

queria fazer um poema de amor sem segundas intenções
sem intenções nenhumas (um poema de afeto)
um poema de amor com amor aos fatos, sem superlativos
mas perdi a capacidade em algum momento do caminho

você é um riachinho de carinho e silêncio
você é uma longa canoa de cabelos
você faz da terra um planeta mais difícil de destruir
você prepara o neocoletivismo com pés leves e pesados
você poderia ser um cavalo, se os cavalos soubessem ler

você consegue morder seus próprios calcanhares
girar de ponta-cabeça no seu bambolê de ferro
e veio aqui mostrar que coisas improváveis são possíveis
você desenha as pessoas de máscara no metrô
enquanto o século 21 desaba e envelhece

sei que você não pode me proteger do pavor todos os dias
mas estar contigo me lembra que eu gosto de estar no mundo

só que já fazia tanto tempo que eu não gostava
que eu fico um tanto aflito e desorientado

fico aflito que você note como estou desorientado
o que só prova que eu ainda não entendi nada.

acolhimento

benditas sejam também as falas desnorteadas, as tentativas
o verbo diferente do outro
bendito seja o gosto duvidoso
tudo o que deixamos no meio pra que os fins um dia justifiquem
aquilo que escolhemos e protegemos da chuva
benditos sejam inclusive
estes quarenta minutos de idiotice reparadora
estes quarenta anos
o brilho de cada explosão bem-sucedida
benditas sejam principalmente as plantinhas
nas janelas, porque não são ambiciosas
e bendita também seja qualquer ambição, mas não porque
        justifique
e agradecer também as migalhas
porque nem tudo são só migalhas.

aplicativo de date

o brilho espesso da luzinha
de novas mensagens no vidro
espesso quase um aperto
de braços, quase já um peito
apertado, o amor já quase acontecido

quase valeu a pena esperar
quase fez sentido
o fio humilde da insistência
tantas vezes rompido e colado com saliva
nova, o desisto desdito, esquecido
renegociado

penélope supostamente
desfazia à noite a resignação
tecida ao longo do dia
aqui é quase a mesma coisa
mas com dedos mais aflitos, expeditos
escolhendo fotos pelo cheiro

inventando perguntas que façam diferença
amarrando começos e enviando endereços
rasgando o cobertor espesso que a noite quer nos deitar em cima
porque supostamente já somos adultos
o suficiente pra dormir sozinhos

(mas penélope pelo menos
sabia *quem* era o homem
nós, por via das dúvidas, vamos acumulando
— cada rosto
cada sonho
cada nome).

ficar sujo contigo

ficar sujo contigo
ficar sujo de terra, de cinzas, de marshmallow contigo
reclamar contigo da música chata
em todos os bluetooths de gente mais jovem no parque

beber contigo experimentar drogas
deixar você pôr coisas na minha boca sem perguntar se é
perigoso
ficar molhado contigo, depois ficar melancólico
achando que nada do que você disse é verdade

mijar bêbado contigo em todas as agências bancárias
(mas não, porque quem ia limpar seria uma trabalhadora
explorada)
mijar embaixo do seu chuveiro contigo
cantar legião urbana pelado pra você, com todos os pulmões
depois ficar ouvindo suas longas opiniões sobre legião urbana
que acho um pouco desnecessárias

ficar um pouco puto e decepcionado contigo
mas mudar de ideia se você ameaçar ir embora
pretender construir um navio contigo
um navio a partir do zero
dormir contigo com pequenos cortes nas mãos

pretender ir embora contigo no navio, pretender
que você queira ir embora comigo também
saber pra onde vamos, mas não saber muito
tomara que amanhã faça sol mas não muito.

poema pra uma pessoa cansada

mas
pelo menos
isto:
que as próximas bombas não vão explodir hoje
e isso é tudo.

mas
pelo menos
isto:
que com certeza existem bombas que vão explodir
(algumas, muitas, talvez todas)
mas nenhuma delas vai explodir hoje
e isso é tudo.

você
eu
o céu
baixamos um decreto
de que as próximas bombas não vão explodir hoje

de que hoje você vai poder dormir
porque nada mais vai mudar até amanhã
(ou até daqui a uns dois meses, ou oito
só pra garantir).

dormir
de bruços
de costas
de lado
os três ao mesmo tempo.

num apartamento alheio
no mato
no fofo
embaixo da noite estrelada
no meio da praça pública
numa cápsula de isolamento dos sentidos
ao mesmo tempo.

poder dormir e gritar ao mesmo tempo
dormir e correr
dormir e resolver problemas da lista de problemas
dormir e lutar junto na rua contra a máquina que avança
dormir e derrubar meninos mimados, impostores e tiranos

e enriquecer a vida das pessoas próximas, das desconhecidas
e ler longos livros necessários, entendendo tudo
tudo ao mesmo tempo.

e baleias: muitas e muitas baleias
muitas baleias cantando ao longe, e madeiras aromáticas
e travesseiros firmes e imensos pandas de pelúcia
e lágrimas: um infinito de lágrimas
lágrimas permitindo tudo
lágrimas e chás digestivos
e uma cortina espessa barrando o ataque das notícias e
datas irreversíveis e mensagens que esperam respostas
e os futuros acidentes e doenças etc. etc.

e o etc. é um planeta ainda longe
compacto
paciente
(netuno, por exemplo, mas só porque o nome é bonito)
e as estrelas não preveem acontecimentos humanos
porque perceberam que não adianta muito.

dormir e não dormir, e dentro disso
ter tempo, finalmente
tempo até pra decidir o que fazer com o tempo

as próprias bombas estão cansadas também, eu descobri
talvez seja mesmo tarde demais, mas e se soubéssemos
que sempre foi, e fizemos tudo
assim mesmo?
que alegria legítima seria
e o tempo todo presente.

o tempo
e poder aplicar esse tempo dormindo, porque haverá outros
porque as próximas bombas não vão explodir hoje
(e se explodirem, provavelmente
você vai acordar de qualquer jeito).

sylvia plath cansada

How I would like to believe in tenderness —
SYLVIA PLATH, "The Moon and the Yew Tree"

o fantasma de sylvia plath prefere comidas frias
e segura minha mão
quando eu chego, e antes de ir embora

só sorri porque eu babo um pouco
quando recito *substanceless*, e esquece
(por meia hora) o que já não pode
deixar de saber sobre o sol, que devora
quem tenha coragem de lhe olhar no olho

conto pra ela que sou um gay medroso, *na*
internet, nem consigo ver fotos de
mutilação, cirurgia e tortura, por exemplo —
fecho a janela na hora

ela está com pressa mas tem paciência
comigo, como uma criança, me explica
que a internet só existe na minha cabeça

são outros os monstros com asa
que vão entrar na sua janela, pensa
ela, mas eu não preciso saber disso ainda
(*regule todo dia/ a dose do seu medo*)

ela me ofereceria um chá, se tivesse
algo de gosto fraco em casa
se pudesse, me daria um abraço, um
doce, um brinquedo.

nesses meses

não sei exatamente o que aprendi nos meses de catástrofe
mas algo tem que ter tido
no mínimo algo irreversível sobre a sobrevivência da espécie
mas o que fazer
ainda depois disso, com tudo o que sobra

se cada vez mais coisas afinal importam menos
se diminuir faz mais sentido
ainda pode chamar de aprendizagem isso
ainda pode chamar de desejo
ter dinheiro suficiente ou ter algum carinho
(como se fosse possível escolher)

eu poderia p. ex. falar dos vários macarrões à putanesca que
fiz nesses meses
que alguns ficaram mesmo bons e foram possivelmente fins
em si próprios
que foram lições de aproveitar o que tem na geladeira
mas confesso que eu tinha sonhado mais alto do que isso

em termos de viagem humana do conhecimento

quando é que uma coisa específica faz diferença
quando é que uma coisa termina
quando chega a hora de pensar em outra coisa
— aprender a viver, mas ontem
eu também não sabia
mas como vou saber quando isso for suficiente.

*

*   *

integridade

para F.C.
Porto, 22 de abril de 2019

1.

minha amiga mandou eu escrever um poema sobre você
porque você foi um pouco canalha comigo
e cancelou nosso terceiro date cinco vezes seguidas, ao longo
    de quatro semanas
até eu ficar cansado e desistir
sem ter sido oficialmente culpa sua
e, no último cancelamento, você deu duas desculpas diferentes
contraditórias entre si
porque nem lembrou de rolar as mensagens pra ver o que
    tinha escrito antes

ou, é claro, e provavelmente
porque esse foi só o seu jeito de dizer que não está mais
    interessado
porque você não sabe outro jeito de me dizer isso
ou simplesmente porque prefere desse jeito
o que seria cruel, mas perfeitamente compreensível

mas depois você passou a visitar
regularmente o meu perfil no scruff
todas as manhãs de domingo, sem dizer nada
e eu decidi acreditar que
no seu coração, você gostaria muito de me encontrar mas é impossível
por causa de um problema secreto (ou de uma coisa boa
mas que te impede de me encontrar secreta)
como p. ex. outro homem secreto, de quem você (também) gosta muito
ou porque você é um agente da polícia secreta portuguesa
ou tem uma doença secreta e muito rara
que te impede de escrever mensagens que não sejam desculpas pra não me encontrar
(como naquele poema da angélica freitas, só que menos criativo e engraçado)
ou outro motivo secreto, mas perfeitamente compreensível
mas que eu não posso compreender enquanto for secreto

e pelo jeito
vai continuar sendo secreto por um tempão
e eu tinha guardado meio pacote de tapioca brasileira pra fazermos na sua casa
mas não vamos mais fazer porque estragou

e eu chorei de verdade quando joguei essa tapioca no lixo
mas decidi que não tenho interesse nisso
o suficiente pra escrever um poema.

2.

primeiro porque não é a primeira vez que eu choro por causa
de homem
e espero que não seja a última
primeiro porque no mundo existem tantas coisas
mais interessantes pra escrever um poema sobre
do que a sua falta de interesse por mim

e se por acaso eu quisesse escrever um poema sobre canalhice
existem constelações inteiras de canalhas tão mais gigantescos
e mais urgentes do que você
como (só como exemplo) os canalhas que desde o golpe
de estado de 2016 e antes
vêm sequestrando violentamente, arbitrariamente, à luz do
dia
todas as estruturas de governo e de justiça no brasil
esse país do outro lado do oceano, de onde vem a tapioca

o que é uma magnitude de canalhice tão maior do que a sua
e de dor e crueldade e irresponsabilidade afetiva

que seria ridículo fazer uma comparação dessas
uma magnitude de mentiras e de violência
que faz nossos desencantamentos amorosos de classe
médio-europeia
parecerem dodói de criança
(porque, inclusive, são mesmo)

mas também não vou escrever um poema sobre a canalhice
muito maior desses homens que estão desmoronando o brasil
porque já sou obrigado a pensar neles todos os dias
e decidi não contribuir
com o registro da atuação deles sobre a terra
(que ainda é um planeta bonito
ainda mais comparado com os outros que existem)

porque já existem tantos registros da atuação
desses homens, não é como se fosse
possível esquecermos que eles existem
porque decidi proteger dessa violência
algumas alegrias que ainda também existem
como gostar de poemas e de ver homens sem cueca e de tapiocas
porque sem essas felicidades acessíveis
não haveria forças pra lutar contra o horror diariamente

(o que frequentemente também me parece uma atitude
    canalha
mas é a com que estou trabalhando no momento).

3.

de qualquer modo, se fosse possível escolher
eu escreveria agora um poema não sobre você
nem sobre mim, nem sobre nenhum outro canalha
e nem nenhuma outra dor, mas um poema meramente
sobre a existência física da tapioca
como p. ex. a marianne moore escreve sobre as meras
estruturas anatômicas dos bichos
ou como aqueles poemas chineses antigos
sobre bambus amanhecendo na brisa etc.
onde sequer aparecem humanos pra estragar a perfeição da cena

e seria um poema intitulado "tapioca"
onde eu falaria em cinco versos sucintos
ou três, sem adjetivos
sobre como a tapioca é uma coisa boa e simples
e quentinha, e fácil de gostar (diferente de você)
e sem glúten e relativamente nutritiva

e relativamente fascinante porque, de milhões de partículas
soltas de pó
por mero poder de absorção de água e de calor
forma-se um alimento sólido
um objeto brilhante, resistente e íntegro
que (diferente de você) não esfarela na mão nem gruda na
frigideira
o que, nos tempos de hoje, já é um adianto.

4.

por outro lado, é claro
que a integridade é muito mais fácil para uma tapioca
porque a duração média da existência dela é aprox.
4.154.995 vezes mais curta que a de um ser humano
(e sim, eu calculei)
e porque o número de decisões que uma tapioca
precisa tomar é significativamente menor
(e sim, eu calculei)
e porque a tapioca não está sujeita
a algumas dificuldades de percurso, como p. ex.
a homofobia internalizada, que decide que ela não merece ser feliz
(ou homoautoagressividade, caso essa palavra exista)
e porque a tapioca não está sendo puxada

em várias direções contrárias e irreconciliáveis pelo desejo
(ou pela falta dele)
e quando afinal é abordada pelo desejo alheio
a tapioca facilmente se despedaça

o que só prova
que é uma ideia estúpida e sem futuro
traçar uma analogia ética entre humanos e tapiocas
mas, por via das dúvidas, queria dizer que eu te entendo
perfeitamente
(ou: entendo mais ou menos, mas mais do que você imagina
ou: acho que entenderia, se você pudesse explicar
ou talvez nem exista o que entender
e eu já deveria estar acostumado com isso
e talvez já esteja)

mas, por via das dúvidas, desejo
que você seja feliz
(ou: desejaria, se não estivesse tão decepcionado e com ódio)
ou desejo que você pelo menos deseje
ser feliz
sei que vamos continuar tentando
só que agora cada um do seu lado da internet
como já era antes.

5.

nunca vou escrever sobre você, mas
por via das dúvidas, vou lembrar pra sempre
que a minha orelha esteve inteira dentro da sua mão
e como era quentinho lá dentro
que a minha cara esteve metade dentro do seu sovaco
e como era promissor lá dentro
e que você aguentou o frio sem reclamar nenhuma vez
só pra eu poder fumar e olhar as casas listradas coloridas
na praia de costa-velha (ou algo assim)
e dirigiu 15 km de volta na mesma noite
só pra recuperarmos meu telemóvel perdido

por via das dúvidas, sempre vou lembrar
da geografia de pelos brancos e pretos no seu peito
e que você acha que o mrs. dalloway também
te salvou de pular pela janela, num ano especialmente ruim
e do seu pinto gotejando no sol
quando você levantou da minha cama e eu entendi que aquilo
        não tinha nome
e que antes de adormecer de novo você segurou minha barba
como um neném, e eu entendi
que uma vida inteira ainda era possível

(e provavelmente ainda é
mas alguns ajustes ainda vão ser necessários
afinal, se duas pessoas que aparentemente se gostam não conseguem conversar entre si
imagina como vamos dialogar com os fascistas)

por via das dúvidas, vou esquecer
que na última noite você tentou me emprestar um livro e eu nem vi qual era o livro
e inventei uma desculpa nem lembro qual era a desculpa
porque, como sempre
eu podia mudar de ideia a qualquer momento, ou conhecer alguém melhor
e como ia fazer depois pra te devolver?

atiramos pra tantos lados diferentes na vida
que nem sabemos pra onde olhar quando alguma coisa acerta.

noutros tempos
quando acreditávamos na existência da lua
foi-nos possível escrever poemas e
AL BERTO, "vestígios"

uma foto

alguma coisa restou de tudo o que vi no facebook
alguma diferença fez
não lembro se era uma foto ou uma explicação perfeita sobre
    o mundo, mas
lembro que eu tinha gostado de verdade aquele dia

aquele dia, ou outro equivalente
algo que deixei pra olhar melhor num dia diferente
que fazia todo o sentido mas eu tinha outras coisas pra ter-
    minar antes
que tinha tudo a ver com as outras coisas, mas não exatamente
que eu pensei em anotar mas depois pensei anotar pra quê, rafael
anotar onde
pra depois fazer o que com isso

ah se um dia eu fosse de verdade um estudioso
e tivesse a pachorra de entender o mundo sem autopreservação
    nenhuma

se eu fosse um cantor imenso e o meu tema fossem os revela-
mentos dentro disso tudo
todas as coisas que eu já sonhei saber que existiam
ou uma única coisa, mas seria equivalente
uma foto cristalina, de um lugar possível de ir
de um homem que existia e era bonito de um jeito que eu não
achava mais possível
que já vivia de verdade no outro mundo
um homem que eu confundi com um livro que esqueci que
tinha lido
ou que não li, mas alguém tinha me dito que gostou
mas gostar serve mesmo pra quê, exatamente

ora pra alguma coisa com certeza serve
no mínimo é diferente de coisa nenhuma
no mínimo é aquela história de se fui eu que sonhei que era
uma borboleta ou
se foi a borboleta que sonhou que era eu etc.
uma antiga verdade chinesa, ou algo mais preciso que isso
quando eu precisar eu googlo.

finalmente

narcisistas por desespero, por falta de opção
esticando braços pra espaçonave nos ver
enviando fotos pra quem
pra orbitar imediatamente a esfera de atenção
e uma lista de motivos

quem sabe alguém lá se interesse, considere
que nós valemos a pena
que somos diferentes
que conosco vai ser diferente
que agora entendemos, finalmente

quem sabe nos puxem pra fora
da enchente, nos elevem
justifiquem
o nosso longo peso

quem sabe nos justifiquem, nos entendam
nos sequem, nos alimentem

quem sabe nos expliquem, nos incluam, nos preservem
nos devorem
nos elejam.

detalhadamente

para C.Q.

minha amiga perguntou sobre a minha vida
amorosa no momento
eu disse "100%
feita de esperança"
ela disse "a esperança
é a última que morre"

(na verdade ela disse "a esperança morre
por último"
porque é assim que se diz em alemão)
eu disse "exato
como num filme de terror
a esperança é a sigourney weaver
com uma metralhadora"
minha amiga disse "socorro!"
(que em alemão é "ajuda!")
eu não disse nada
depois eu disse "pois é!"

(na verdade eu disse “exato!”
que em alemão é a mesma
palavra que “preciso”, ou
“detalhadamente”).

você

você não pode ficar bravo com uma pessoa
porque ela não existe

mas na verdade pode sim
porque não tem ninguém te impedindo.

a salvação

e então você vai de novo e de novo
diligentemente
pra exatamente onde a salvação já esteve

mas agora olhando de novo você não tem mais certeza
de que era exatamente a salvação.

historicamente

e
não que alguém tenha me perguntado, mas eis
outra resposta
(provisória e secundária):

tudo bem que deus não existia
esse tempo todo
e muito tudo bem que ele não era um humanoide macho
sabendo as equações melhor e metendo a mão gigante
(de macho, de fogo) em todas as outras coisas
fazendo baleias mas não unicórnios
fazendo questão e completando a justiça
de que nós, homo sapiens titulares, fomos historicamente
incapazes
ou não nos esforçamos o suficiente

mas também, dadas as circunstâncias
deus foi uma abreviatura eficiente
(deficiente, iniciante) para:

todas as outras coisas realmente existem
(principalmente os unicórnios) e você
você também existe
necessariamente

você e estes dedos e esta vida
(esta vez, na vida).

[notas]

Os versos citados no poema "teto baixo" são de Herberto Helder, "Poemacto I".

O trecho do poema "write wrote written", de Lütfiye Güzel, é uma tradução minha: "weil mir dauernd jemand erzählt/ dass er bald verrückt werde/ aber am ende machen sie dann doch/ alle ihren job/ & all die großen umbrüche/ verlieren sich/ & werden zu toastbrot".

Versões de alguns destes poemas apareceram primeiro nas seguintes publicações digitais e impressas: *Ouriço, Peixe-boi, Enfermaria 6, Posfácio, Ruído Manifesto, Stadtsprachen Magazin, Poemário Esquisito, Wie man ein Wunder löscht: Neue Gedichte aus Portugal, Homem com homem: poesia homoerótica brasileira no século XXI*. Agradeço imensamente por esses convites.

[agradecimentos]

Muito amor e obrigado às pessoas queridas que leram a primeira versão deste livro, torceram por ele e me ajudaram a melhorar: Adelaide Ivánova, Chris Daniels, Christiane Quandt, Francisca Camelo, Pedro Cassel e Thiago Barbalho.

E também a todo mundo que acreditou no projeto e participou da campanha de pré-venda. É graças a vocês que este livro pôde virar papel.

Rafael Mantovani

(São Paulo, 1980) é poeta e tradutor. Publicou os livros *Cão* (Hedra, 2011) e *Você esqueceu uma coisa aqui* (Macondo, 2019), que foi finalista do Prêmio Mix Literário 2019 e publicado em Portugal em 2020, pela editora Enfermaria 6. Também teve poemas publicados em uma série de revistas e antologias no Brasil e em alguns países da Europa. Morou por longos anos na Alemanha e em Portugal. Hoje vive e trabalha em São Paulo.

PRIMEIRA EDIÇÃO
–INVERNO–
COTIA
MMXXV